KB005768

모르페우스
출근하다

| 밥북 기획시선 33 |

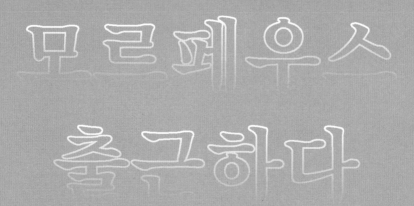

모르페우스
출근하다

김지홍 시집

버려야 할 것들을 버리지 못할 때가 있다
미련해서
미련 때문에

눈도 못 뜨고 늙어 버린 말들아
자 이제 가서 남은 시간을 소비하고 절명하라

2022년 10월 김지홍

차 례

1부

2부

3부

4부

1 부

다시 4월 봄비

후드득 후드득
누가 우나 보다

어린 남매를 두고
앞산에 돼지감자 캐러 간 엄마는
캄캄해지도록 돌아오지 않았다

아무리 밀어도 열리지 않던 문
바람이 덜컹거렸다

죽은 아이들이
엄마 왜 울어? 헤살거리고
아우성치는 세월

후드득 톡 톡
검정 염소 등에 햇볕이 내려앉았다

죄 많은 사람

일용할 한 줌 희망을 사려고 시장에 갔습니다 좌판에 내팽
개쳐진 고통 한 바구니로는 택도 없었어요 엘뤼아르 씨의
흰 빵은 진즉 다 팔렸고 도스토옙스키 선생네 시든 파 세
뿌리는 아무도 거들떠보지 않았습니다 모두 어림없습니다
시간을 탕진한 자 얼마나 더 만근의 바윗돌을 옮겨야 할까
요 나훈아 씨네 홍시 하나 달랑 들고 왔습니다

사랑이 그렇지요(feat. 강계열 씨*)

달처럼 차던 장항아리
봄볕 좋은 날 모두 비워냈지요
비워도 버리지 못한 마음 훔치고 닦고
다 살았네 다 살았네
웅얼댑니다

꽃을 따주세요
어린 여인을 업어주던 그때마냥
붉은 꽃을 따주세요
지천으로 솟아오른 노란 꽃을 따주세요
죽음보다 아름다운 꽃을

얼음장보다 찬 냇물에
당신이 벗어놓은 어제를 빱니다
뼛속으로 저미는 후회
빨아야 할 것은 지난날이 아니라
내일 널어놀 햇빛이에요

별을 따주세요
그날 밤 어둠 속에서 약속한
푸른 별을 따주세요
흰 이마 위를 따라 걷는 별을 따주세요

성긴 눈발
빈 하늘로 솟치고
고라니 울음 지상에 가득한데
별을 따러 가신 당신

마을회관
시장 골목
양지바른 당신 집
가는 길마다
푸른 별이 앞섭니다

*기록 영화 '님아 그 강을 건너지 마오' 주인공

먹줄

아차 하다
잘못 퉁겼네
선명하게 난 검은 길

그냥 갈까 하니 두렵고
돌아갈까 하니 괴롭네

한낮 땡볕은 쏟아지고
늙은 목수는 팽팽히 먹실을 당기네

어차피 막다른 길
늦게 가도 늦지 않을 겁니다

밤새 다녀간 손님

꿈속에서
내가 쓴 시를
네게
읽어주고 있었다
교과서에 실린 시였다
참 좋았다
베끼려고 얼른 깨니
한 줄도 생각나지 않았다
이런
오늘 밤 다시 꿈 꿀까

고장 난 세계

내 귀에 매미가 산다
삼 년째다
막무가내로 들어앉아
사시사철 겨울에도 나갈 생각을 안 한다
삐이이이!!!!!!!!!!!
세상의 모든 소리 잠재우고
어딘가로 쉴 새 없이 신호를 보낸다
내가 목소리를 높여 얘기할 때
밥벌이에 쫓겨 자판을 두드릴 때
TV 소리를 키울 때
잠시 외출을 한다
사용연한을 다한 달팽이관
인간의 시간은 빠르게 지나고
매미의 우주는 느리게 흐른다
산 사슴 양 가지 김 뱀 신발 마음 달걀 안개
얼마나 많은 말들이 고막을 통과했을까
산통 깨진 언어의 집
고장 난 세계
내 귀에 매미가 산다

이십사시간 때 없이 노란 신호를 보내고 있다

집중하라고

일하라고

혁명하라고

어리석은 사람

아파트 옆 모퉁이
감나무 밑에 가서 감 떨어지기를 기다린다

시월 어느 날
딱 봐도 땡감은 낙하할 생각이 없다

요행도 손을 내밀어야 한다고
오늘 다시 간다

그러고 싶을 때가 있다

푸른 바닷속 돌 틈에 몸 붙이고
다 자란 멍게처럼 숨 쉬고 싶을 때가 있다

달팽이의 질주와
지구의 운행 속도를 생각하면
멍청하게 살고 싶을 때가 있다

꼭지가 마르고 아귀힘이 다하면 놓아주겠지

오늘 또 간다

부지런한 아파트 경비원이 홀랑 다 따갔다

모르페우스 출근하다

배추흰나비

나풀나풀 횡단보도를 건너갑니다

일요일 출근길

개망초, 무꽃밭도 없는데

어디서 와서 어디로 가는 걸까요

고요한 날갯짓

해일처럼 햇살이 밀려 나가고

유리와 돌 모래로 쌓아 올린 문명이 지워진다

매트릭스 리로드

모르페우스

꿈을 훔치는 자의 속삭임

방금 예배당에서 일주일 치 로또복권을 산 사람들

느긋하게 요단강을 건넙니다

얼굴 가득 안도의 빛이 피어나고

집으로 가는 전세버스가 대기 중입니다

깜박이는 푸른 시간

거리를 깨우며 앰뷸런스가 질주합니다

뒤집힌 세상

인간은 직진 후 좌회전

나비는 우회전

횡단보도를 건너 출근합니다

오늘은 안식일입니다

평화롭게*

휘리릭

휘리릭 휘리릭

총총 다다 다다닥 콕콕

우라라 탁 콕콕콕

호로록

콕콕 총총 휘리릭

늦은 아침 식사

하루가 지나간다

*김종삼 선생의 시 제목을 허락 없이 빌려옴.

자화상

눈
뚫어지게 보는 눈이 있다

세상의 끝날을 본 눈이 있다

목격한 장면들이
검은 동굴 속에 슬라이드 필름처럼
켜켜이 쌓여 있다

살아서도 죽어서도 감지 못한
생선가게 까만 눈이 빤히 쳐다본다

검푸른
북태평양 바다가 넘실거린다

거룩하다

겨울 강 저편

옥수수

네 자루 흰 복숭아

다섯 알 검정 비닐봉지

두 개에 일주일 치 달콤함을

사 들고 추분 지나 어둑한 엄마집

가는 길 싸늘한 가을비

구두를 때린다

구차한 살림 일으켜도

여전히 구차한 우체국 뒤

향나무집 한때는 장미꽃이 담장 위로

사태 나고 키 크고 푸른 생명은

도도했다 앙칼졌지만 잠시 평화로웠던

시절 엄마손 콩칼국수는 아버지

술병에 특효였다 소멸은

관대하게 기억을 남긴다 늙은 향나무

베어낸 자리엔 어둠만 무성하고 주저앉은

처마 얼룩진 벽지 시간의

저편 깊은 우물

속에서 가까스로 길어 올리는

주름진 기억 엄마의

어제는 무단외출 중이다

만나면 왁자한 동생들 이름도

까먹고 30년 넘게 산

집 주소도 까먹고 아침 먹은 것도

까먹고 지금만 기억하는

사람 엄마 아픈 데 없어? 밥은

잘 먹고? 없어 한 군데도

없어 거짓부렁 아니야 니들이나

건강하게 잘 살아 검정 비닐봉지에서 알량한

눈물이 쏟아졌다 지상의 도리가 방바닥에

나뒹굴었다 튀밥보다 가볍게

사라지는 기억 아무리 다이얼을 돌려도

지지직거리는 라디오 주파수처럼

맞춰지지 않는

그 많은 기억들은 어디로 갔을까

집 나온 기억들은 어느 밤하늘을 떠돌고 있을까

녹슨 철대문을 쾅 닫고 돌아서는 등 뒤로

시간보다 깊은 겨울 강이 흘렀다

유다의 말

천국에 들어가려거든
어린아이와 같지 아니하면 꿈꾸지 말라 했거늘
유다야 네가 어찌 욕망을 품느냐

새벽 아직 잠에서 깨지 않은 바다는 가쁜 숨을 그르렁거린
다 어부들은 어판장 옆에서 불씨가 남은 식용유통에 손을
녹이고 있다 전해야 할 말은 목구멍을 넘지 못하고

시기와 자만심으로
목수의 아들 피를 너희가 보지 않았더냐
피는 희망이요 혼란이요 혁명이니
내 자유를 너희에게 주었느니라

카페 누벨바그에선 밤새 파티를 즐긴 청춘들이 햄버거로 해
장을 하고 있다 해안도로를 타고 희끗희끗 모든 것을 지우
는 대설주의보가 내린다

요셉 목수의 자식들아
너희가 나를 부정하는 것은 용서할 수 있으나
너희가 너희 자신을 부정하는 것은
보지 못하느니라

남쪽 섬에서 붉은 동백이 폭설을 뚫고 망울을 터뜨렸다는
소식이 날아들고 사람들은 눈 내린 자작나무 숲으로 모
여들었다 고장 난 시계도 하루 두 번은 맞았다 천국은 너
무 멀었다

축복하나니
너희에게 피가 있으라
나는 혁명이니
내가 완성한 곳에서
미완성의 세계를 몹시 안씨로워 했느니라

꿈이 있으매
피 흘린 다음에 꽃이 피고
그날, 너희가 천국에 오는 그날
뜻한 대로 모든 것이 보기 좋으리라

그 겨울 폭설 속에서 아들은 말했다 왜 나를 낳았냐고

2부

병아리꽃

이 비 그치면 꽃 피겠다
뾰족 뾰족한, 노란 꽃이 피겠다
올해도 잊지 않았다는 듯
거리마다
비탈마다
산기슭 양지에
그 뿌리와 같이 사연이 깊은 꽃
이 비 그치면
병아리 부리, 뾰족 뾰족한
온 세상 환한 노란 꽃이 피겠다

물꿈

여름밤, 얼핏 설핏
깨어나게 하는 것이 있다

시간은 2시에 죽어 있다

창밖에 맨드라미 붉게 타오르고
어둠은 벽을 기어오른다

마른 등뼈에 기대어 커가는
여름밤,
나는 2시의 바깥에
가위눌린 오징어의 꿈
노랑나비는 몇 시?

날벌레 한 놈이 붉은 꽃무늬 장판에
코를 처박는다

불면의 밤

뿌리를 허옇게 드러내고 있다

긴 손가락 마디를 뚝뚝 분지르는 시간

마른침을 삼키며 잠든 의식들

고개 숙인 밤 1시

부드러운 바람 머리칼을 빗어 넘기며

알지 못하고 걸어온 기억과

예감의 길, 서성이고 있다

잠의 바깥에서 몰아치는 바람

지난 태풍에도 꽉 움켜쥐고 손을 놓지 않던 나뭇잎

1시에서 2시로 낮은 곳으로 내려앉고 있었다

입춘

돌 속에 앉아 돌을 생각하는 경주 남산
부처님 얼굴이다

물 깊은 물 속에 누워 응시하는 남대천
연어 알의 눈이다

아이를 둘 낳고서야 비로소
아버지가 되었다

뼈아픈 후회가 켜켜이 얼어붙은
겨울 강에 와서 듣는다
쩡! 쩡! 갈라지는
아직 늦지 않았어, 아직도 늦지 않았어

미끈한 허벅지를 훔치는 포플린 스커트
긴 바람이 휘이익 지나갔다

춘몽

서울역 지하도에 앉아 다
식어 빠진 김밥을
입안 가득 꾸역꾸역
밀어 넣는다
목에 메는 무료함을
밀어 넣는다
김밥 꼬투리 삐져나온 노오란
단무지
남은 시간을 검은 입 속으로
꾸역꾸역 밀어 넣는다
봄날을 말아 넣는다
널브러진 소주병
계단을 구르는 바람
염천교 페르시안 고양이 한 마리
졸고 있다

그날

봄날, 두리번거리다
고개 들어 하늘 한 번 보고
펑펑 울다

참말로 오살지네.

바람난 남편의 여자
여편을 화장하고 온 남자
아이들 붙잡고
펑펑 울어라

아버지를 물에 묻고 돌아온 날
아들 딸 바닷속에 두고 돌아선 날
흐드러지게 펑펑
울어라

오지랖 봄날이다.

이찌 상가

국화꽃 그득 하니
오래 삭혀 두었던 기침이 도지다
알지 못하는 시간이
툭,
일회용 접시 위로 끊어지다
알싸한 홍어무침.

조우

먼 산, 먼 하늘
잠자리 날아오르다
까마득히 내려다보는
사람 하나
수만 개의 눈과 마주치다

희망촌

아이들이 길을 묻는다
광화문 네거리 교보빌딩 앞에서
아저씨, 희망촌으로 가는 길이 어디죠?
—나는 잘 모른다
서울에서 스무 몇 해를 살아도 희망촌이
어디 있는지 어디로 가는지 모른다
8번 버스를 강의 시간에 맞춰 타고
이제는 제자에게 자리를 물려줘야겠다는
늙어가는 교수의 얼굴을 생각할 때
—성실하게 살아야겠어요
누군가 대답했다
아저씨 희망촌은 어떻게 가요?
아이들이 물었다
몇 번 버스를 타고 가야 하죠?
타락한 왕조의 추녀 끝에서
'천만에! 천만에!'
그저 지나가는 요상한 말로 즐기는
사생대회가 지루한 유치원생의 물음
희망촌은 어디 있어요?

—아저씨는 모른다
아무것도 꿈꾸어지지 않는 그 여름
만나는 아이들마다 길을 물었다
희망촌이 어디냐고
희망촌으로 가는 길이 어디 있냐고
어떻게 가냐고

우울병 씨는 오늘도 걷는다

그림자 하나 없는

옛

탄광 마을에는

친근한 시간이

폐가의 우물,

거미줄 희뜩이는 어둠 속으로

느긋하게 내려앉았다

하, 날이 길다

시간의 침묵 1

종로2가 맥도널드 앞에서, 8시 17분을 가고 있었다

8시 17분 저 건너에서 X1과 X2, X3

X의 한 떼가 펄럭이며 왔고

어둠의 얼굴, 특수분장으로 탄력 있는 피부를 회복한 한기가

양파 세포 같은 얼음 조각을 떨어내고 있었다

피의 따스한 관습 때문이었을까

시간의 뿌리, 몸 떨리는 욕망 때문이었을까

넘칠 듯 넘칠 듯 유리잔을 치던 살해殺害의 기쁨을 잠재우고

마카로니 웨스턴 모래바람 일렁이는 광야

잘 팔리지도 않는 엑스트라가 되었다

지워지지 않는 시간이 몸 이끄는 시간의 마을

얼음의 감옥, 낡은 세트처럼 피로가 언 속옷마냥 파리했다

오래지 않아 처분해야 할 생육의 집 유죄有罪의 한켠엔

생기 번뜩이며 확장하는 피의 연민 척추뼈 바짝 세우고

마카로니 웨스턴 오두마니 선 붉은 우체통

엑스트라가 되어, 당겨지지 않는 시간을 가고 있었다

8시 17분, 물끄러미 응시하는 생애의 포토그래피

머물고 있으므로 꿈꾸는,

살다 보면 장엄하게 우주의 시간으로 날아가는

8시 17분도 있을까

한때나마 다정했던 먼 별도 만날까

얼음 조각 몰아치는 8시 17분,

X2가 어깨를 흔들며 어둠의 등, 17분 뒤로 돌아선다

어두운 지하도를 빠져들고 있었다

횡단보도를 건너며 이제 막 도착한 18분의 X의 떼들,
펄럭이며

엑스트라가 되어 흘러가고 있었다

맥도널드 감자튀김 속에서는 노란 줄무늬의

시간당 천삼백원 8시 17분이 식용유 기름에 쉼 없이
바글바글 끓고

시간의 침묵 2

1

광화문에서 종각까지, X, 걷고 있었다

장막 같은 어둠이 펄럭였다

X가 방금 지나온 과거가 발목까지 푹푹 빠졌다

멈춤, 그리고 나아감.

계속해서 진군함.

쓰러지고 일어나는 날이 계속되었다.

2

4월이었다, 지난 겨울의 혹독한 추위를 통과한

낳지도 않은 아이의 그림 속 별꽃 같은 나리꽃이 핀 것은

망초꽃만큼의 높이,

푸른 수액을 소리 없이 길어 올리며

소란스런 햇살은 젖은 길에 입술을 문지르고

시간의 언덕을 가로질러 있는 통나무집

아이의 기차는 반짝이며 꿈꾸는 태양의 길을 따라

소풍을 떠나고 있었다

(시간의 뿌리에서 뜻 없이 잎을 피워내는 일이라니!)

10월이 되어도 그려지지 않던 그림 한 폭

3

―속도 붙은 기차는 작은 마을에는 멈추지 않는다

―시간의 은륜에는 브레이크가 없다

(혈관 속의 속도를 늦출 수가 없었어, 두려웠어, 쉼 없이 가

속도를 붙이며 달리는 생의 핏발 선 내장기관.)

일찍 떠나 까맣게 불탄 기차는 박물관에서 잠자고 있다.

4

광화문에서 종각까지, X, 걷고.

잔뜩 찌푸린 중년의 사내가 폼나게 칼을 차고 굳건히

검은 공해를 뒤집어쓰고 있었다.

5

어둠으로부터 어둠이 오고

시간으로부터 낯선 시간이 점령군처럼 쌓였다

노래를 부르지 않고서도 E단조에 고요히 고이는 32세

예수가 지상을 훌쩍 떠난 시간

어떻게 그리 쉽게 자신을 떠날 수 있었을까?

다시 4월이 끝나고도 그려지지 않던 그림 한 폭

6

아이의 기차, 푸른 소풍 기차가 떠나고 있었다

X가 풀어놓은 어두운 시간 속으로.

시간의 침묵 3

- 밤섬

싸한 햇살 다발을 이마로 받으며 덜컹거리는 시간을 가
는 시민이다.

채 마르지 않은 장막의 시간을 툭툭 끊으며 슬슬 쓸려
가는 섬이다.

좌우는 은빛 비늘 반짝이는 수심 깊은 협곡이다.

(본디 세상은 분꽃씨 같은 지독한 어둠의 밀도에서 태어
난 고요한 딸이 아니었던가)

서둘러 지는 문명의 나날들 속으로 진화의 발톱, 대리석
파편 화석이 무성하다.

처녀림 같은 신생의 뿌리를 꿈꾸는 섬이여

서툰 직립보행으로 먹이사슬에 안테나를 치고

욕망의 수면 위를 우울하게 배회하는 시민이 되었다.

멀리 톈산산맥 깊은 골짝 바위 언덕의 겨울 햇빛처럼 젖
은 풀만이 향기로웠다.

영원이란 뜻 없이 사라지는 것,

사라지지 못했으므로 시간의 변두리에 서서 숨죽였다.

때로 온전히 살아있는 것들이 아름답기도 했다.

너무도 짧았던 인식의 순간, 사라지는

오랜 소멸의 날들 속을

견고한 어깨를 세우고 어둠에 쌓인 안개 더미를 씻으며 가는 무인도다.

자신이 보낸 딸들과 섬뜩한 정신을 풍화시키는 무연한 시간이다.

존재의 모래톱을 서성이는 박새 한 마리.

그의 어두운 꿈의 중심으로 천연하게 떠오르는 섬, 그리고 숲.

환하다.

시간의 침묵 4

마른 구두에 밤새 쉰 발을 끼우고 문을 나선다. 그의 등 뒤
절벽, 그가 떨어뜨린 젖은 나뭇잎 두 장, 아직 잠자고 있다.
7시 5분, 어둔 하늘, 지붕이 캄캄하다. 노란 안전선 안에서
도 안심이 안 된다. 중심이 끌어당기는 유혹, 팽팽한 힘살,
〈나는 바퀴를 보면 굴리고 싶다〉*에 걸리는 승차 위치, 자
본주의의 내장 속으로, 설익은 시간이 꾸역꾸역 쑤셔 박힌
다. 〈이 문을 들어오려는 자는 모든 희망을 버리라〉** 검은
어둠 속으로, 덜 익은 희망과 급여와 흐물흐물한 다꾸앙,
계란 지단의 뒷머리가 들어간다. 모든 정신이 내장 속에서
부글부글 끓고, 시들고. 아 살아있는 정신은 어디서 얼음
꽃 같은 향기를 뿜어내며 빙폭의 칼날을 갈고 있는가. 톈
산의 정수리를 오르는 바람, 정신의 머리칼을 쓸어 넘기며
흰 이마를 치오르던 유예여. 너무도 많은 시간이 시간을 통
과했다. 7시 18분. 조금씩만 소비했던 생, 그가 떠나온 지
대만 한적하다. 시간을 수직으로 철컥철컥 자를 때마다 한
장씩 넘어가는 어둠, 머리에 참기름 윤기를 흘리며 밥알이
말리고 있다. 모든 것이 쑤셔 박히고 있었다. 2분의 루즈타
임, 5초의 칼날로 재단하는 김밥의 자본주의, 코끝에 번지
는 나뭇잎의 숨소리.

*황동규 〈나는 바퀴를 보면 굴리고 싶다〉에서, **단테 신곡 〈지옥문〉에서

시간의 침묵 5

노란 횡단보도 앞에서 나는 생각한다
우리 시대의 사랑과
우리 시대의 절망과
우리 시대의 자유와
우리 시대의 진보와
우리 시대의 보수와
한때 온 정신과 온몸을 혁명처럼 몰아쳤던
우리 시대의 통일에 대해

노란 횡단보도 앞에서 나는 또 생각한다
그리고 무슨 일이 일어났는지
우리 시대의 배신이
우리 시대의 소멸이
우리 시대의 부자유가
우리 시대의 변절이
우리 시대의 꼴보수가
낮게 가라앉은 저녁 하늘가를 장악하고, 검은 피 흘리는
우리 시대의 혼돈에 대해

그리고 마지막으로 횡단보도 앞에서 생각한다
또 무슨 일이 일어났는가
우리는 그 모든 것들로부터 형식적이지만
실질적으로 결별했다
치욕스럽지만 밤의 세계로 편입했다

그리고, 끝장이었다

　나는 지금 검은 공해로 가득한 포스트모던 시대를 간
다, 통과한다.

더럽게

칙칙하다.

시간의 침묵 6

나는 그날, 어느 대학의 보도블록 턱 위에 앉아 있었다. 아무것도 없었다. 고개를 숙이고, 기도하듯, 나는 내 시선의 끝에서, 조용히 울고 있었다. 풀이여, 시멘트가 갈라진 틈 사이로 삐져나온 풀이여 흔적, 누가 남기고 간 생육일까? 빵부스러기를, 지상의 양식을 밀고 가는 노동과 생존, 내가 우연히 걸어가다 밟은 개미의 형체, 생이란 어차피 사소한 것을! 내가 누군가의 먹이사슬이 되어 있듯, 그의 그물망 속에서 개미는 자신의 양식을 지고 알 수 없는 진로를 향해 가고 있었다. 그 무연한 움직임. 우주의 심연으로 고요히 젖어드는, 길이란 무엇인가. 어디선가 나무의 향기가 내 생 속으로 들어오고, 나는 조그맣게 움츠러들었다. 아주 조그맣게, 개미가 가던 길 위로 비로소, 네 발로 뱃가죽을 밀며, 낮은 포복으로 기어가는 한 인간의 미래가 보였다. 시멘트가 덮인 광활한 우주 속에서, 한 포기의 풀로 떨고 있는 하나의 세계가 닫히고 있었다.

시간의 침묵 7

- 가족사진

콩새 엄마, 콩새 아빠, 콩새
소멸하지 않는 우주의 씨앗들.
누가 쳐 논 묵화墨畫일까

시간의 침묵 8

- 톈산산맥으로 가는 길

잔뜩 무너진 어깨

영국산 수도복을 걸친 K가 늙은 낙타 한 마리를 끌고

가고 있다

모래 바다를 가고 있다

겨울 12월 금빛 무늬 여의도 광장을 밀려가고 있다

빈 허리에 담은 빈 하늘

둥근 천공엔 검은 발굽 남기는 고고한 까마귀 울음 가

득하고

거대한 비석들 위에 자욱이 머무는 눈빛

(모든 길은 사막으로 열려 있고 사막에서 소멸하며 사막

으로부터 생성된다)

입안 가득 서걱이는 모래바람과 소금기의 농밀한 어둠

사유의 다리를 건널 때마다 출렁이던 불안

선연히 쌓이던 안개

생이 부려 놓은 불의 바다를 물기 없는 대궁으로 뿌리

내리는

시간이여– 황금의 불빛으로 일광욕을 하는 사람들은

아직 그 도시에 있다

검은 날개를 펴고 비행했던 날마다

절벽과 협곡에서 이름을 부르던 자 그대는 누구인가

낙타야 눈을 떠라

어둠을 가르는 산 자와 죽은 자의 문신

모래바람이 지운 길 아래

천년을 풀어놓은 끝이

사라진 횡단보도 비단길이다

비단장수가 수놓은 도시 바늘구멍 속으로

피사리 목단꽃이 피고 행운의 여왕은 손목을 끌고 사라진다

낙타의 긴 목이 꽉 낀다

양지바른 시간이 깃든다는 산맥의 기슭

신들의 고향

고비사막을 건너가고 있다

광막한 모래 바다를 가고 있다

5월

안 보이는
사랑의 나라
꿈도 마음도 안 아픈
지상에서 가장 아름다운 나라
가고 싶다
별의 딸 이슬아
네 손목 잡고
아빠가 취해서 본 그 저녁의 별
그 별은 지금 잠자고 있다
밤은 깊고
어두운 하늘의 별, 빛
네가 가고 있는 길
그리운, 안 보이는 사랑의 나라
꿈도 마음도 안 아픈
지상에서 가장 아름다운 나라
함께 손잡고
소풍 가듯
병아리색 때때옷 입고
황톳길, 풀꽃들,

가고 싶다

세상이 어둡다

친근한 죽음

나는 너를 만난다
앞에 앉은 여자의 소주잔 속에서
자주 꾸는 꿈속의 끝없는 어둠,
절벽, 속도의 두려움, 떨어지는 바닥에서
나는 너를 만난다
너는 도처에 숨어 번뜩인다
바라본다는 것이 아니다
느낀다는 것이 아니다
나는 너를 그냥 만난다
어쩌면 네가 나를 만난다
전철을 탈 때
걷고 있을 때
밥 먹을 때
신문의 광고 속에서
반짝이는 안경 너머에서
거리의 유행가 속에서
공중전화의 신호음 속에서
지하도에서 육교에서
모든 곳에서 나는 너를 만난다
가까이에 있다

3부

우리가 걸어간 골목 끝에서 만난 것은?

- 태풍 셀마에 부쳐

좁은 골목.
사이를 두고 창문이 하나 왼쪽 벽에, 맞은편 벽에 갓 쓴
외등이 하나. 걸려 있다. 골목에 바람 불 때마다 비가 쏟
아진다.

사이

검정 우산 하나가 지나갔다

다시 사이

노란 우산 하나가 지나갔다

창문, 열린다

젖은 바지 하나가 바삐 지나갔다
하이힐 하나와 우비 하나가 펄럭
동시에 지나갔다

라디오 음악 소리

열린 창문, 빗방울이 들이친다. 외등에 불이 꺼진다. 바람
에 불빛이 흔들린다.

빗소리, 전화벨 소리.

……뭐라구? ……응, 뭐? ……안 들려……안 들린다니
까……(빌어먹을)! ……뭐라구? ……아, 아냐……응……그
래……뭐, 발이? ……묶였다고? ……묶였……

라디오 소리, 잠시 침묵.
창문, 닫힌다.

……다시　말해봐!　……때문이라고……그래……뭐냐니
깐! ……그래……응……그래……뭐? 그년……때문이라고?
……그–년? ……묶였다고?

묶………였…………어……

침묵……

빙하기

서기 1988년 1월 어느 일요일
입춘도 지나지 않은 서울 한복판
먹이 하나 남은 것이 없고
매운바람 부는
결빙의 종로를 따라
공룡 한 마리
걸어가고 있다

상가들이 철시한 포스트모더니즘의 도시
도시의 안전을 지키는
인간들만 눈에 불을 켜고 설치는 그때
YMCA를 지나, 허리우드 쪽으로
우회전하며 힐끗 돌아보는
―무연한 얼굴

뜨거운 불을 뿜던 화산은 어디로 갔을까
개활지는 어디 있는 걸까
먹을 게 없을까
―춥다

보도블록을 콩 콩 누르며
허리우드로 곧장,
영화 간판을 한 번 올려다보곤
낙원동, 서울의 골목을
공룡 한 마리
걸어가고 있다

매표구 앞에서 인간 하나가
왝왝 토하고 있었다

봄날을 향해 걸어가는 눈사람

길을 떠나기 전부터
희끗거리던 하늘
신경과 모든 마음 다
단단히 동여매고
동네를 나서자
등 뒤로 동네가 지워진다

발자국만이 배웅해주는 길
조금씩 내리던 눈이 이윽고
길을 막는다

너무 늦었군, 갈 수 있을까?
숲은 잎을 피워 내는 노동의 시절,
뿌리를 깨우는 물소리가 트이고
뿌연 입김이 물소리를 지운다

말이 잇새에 끼여
탁탁 튀고
그는 꼭꼭 여며 둔다

빈 들 위로 부는 바람
땅이 일어서고
어깨 위로 눈이 쌓인다

쌓인 눈을 툭툭 털며
뒤따라오는 발자국들을 되바래주던
몇 그루 흰 나무들

≪눈사람이 되기 위하여?
≪어디로 가는 걸까, 우리는,
≪살아남기 위하여?
≪어디로 가는 걸까, 우리는.

남은 체온을 바람에게 주고 그는
정면으로 걸어 나갔다

비유와 몽상 사이 가끔찍 있는 생

보호실에 폭행으로 들어온 녀석이,
옆에 구부리고 있는 여자에게
외투를 벗어 준다
(오스트레일리아에 서식하는 캥거루는 뱃속에 품고 6개월
동안 새끼를 젖 먹여 키운다. 젖을 뗄 때까지 부드러운 털
의 감촉을 느끼게 한다)
객기의 세월, 눈발 속으로 지워지고
그저 고여 있는 시간,
9시에서 3시 사이
내가 통과한 모든 시간이 모여
우우 일어선다
(캥거루는 아시아 대륙에서 떨어져 나온 커다란 섬에 정착
하게 되었지만 섬보다는 대륙의 기질을 갖고 있다. 튼튼한
뒷다리로 섬을 튀어 오르는 것을 보면 알 수 있다)
노래를 불렀다
그리고 종이비행기를 여섯 대나 접었다
청년 시절이여
빛나는 눈발이 뺨에 박혀 붉게 얼고
손을 부비면 얼음 조각들이 부스스 떨어졌다

누이의 첫사랑은 어느 날 갑자기 파산하고

등 뒤에서 얼음 조각을 다 털어낸

뼈만 앙상한 내가 웃고 있었다

종이비행기는 눈발에 젖어 추락한다

하염없이 추락하는 시간,

접은 비행기를 창밖으로 날려 보내며

문득, 보호받아야 할 사람은 내가 아니라

너일지도 모른다는 것을,

다시 확인하면서 나는 서글프게도,

노래를 부르고 싶었다

(시베리아의 얼음꽃을 먹고 사는 북극여우는 평생 한 번

도 노래를 부르지 않는다. 노래를 부르지 않으므로 결코

우는 법이 없다)

구부린 등 여자는 졸고

자신이 발행한 위조지폐에 발목이 묶이고,

노래는 어떤 시간도 통과하지 못한다

구부린 등이여

따스한 잠이여

가끔씩 생은 연착한다

꽃과 냉장고

1
나라고 불리는 그의 집 마루 혹은
그라고 불리는 나의 집 거실이라도 상관없다
다만 한쪽에 냉장고가 자리한다
방이다. 불은 꺼져 있고 모든 것은 형태로만
존재한다
나라고 불리는 그 등장한다
어둠을 걷어내듯 손을 한번 휘젓고는
냉장고를 더듬거린다
냉장고 문을 딴다
물 따르는 소리, 이내 그친다
나라고 불리는 그 퇴장
잠시 사이를 두고 냉장고의 소음 소리
다시 나라고 불리는 그 등장한다
이번엔 사과를 꺼내 베어 문다
아, 신음 소리. 사과를 머리 위로 던진다
몸을 돌려 사과 던진 곳을 응시한다
응시한 곳으로 퇴장한다
냉장고의 신음 소리.

2

너라고 불리는 그의 집 마루 혹은

그라고 불리는 너의 집 거실이라도 상관없다

다만 한쪽 구석에 냉장고가 자리한다

그라고 불리는 너와 그의 애인

등장한다

그의 애인 두리번거린다

그라고 불리는 너 냉장고 앞으로 걸어간다

      낮으나 날카롭게

          목을 너무 빼지마!

그의 애인 머뭇거린다

            하지만…너무 어두워요

그라고 불리는 너

      상관없어, 냉장고 문을 딴다

      은밀하게 왼손이 하는 일은

      오른손이 모르게

           잘라버렷!

그의 애인 목을 두 손으로 감싸며

         잘라버려요?……하지만……

그라고 불리는 너

물론, 과감하게,

　냉장고의 신음 소리

　　　손에는 언 꽃이 들려 있다

그의 애인-하지만 꽃 머리가 잘리면

　　　　　　꽃은 어떻게 피죠?

　(잠시 침묵)

그의 애인이 문득 허리를 굽힌다

바닥에서 무얼 주워든다

　　　이건?……어떻게? ……

그라고 불리는 너 그의 애인에게 다가간다

손에는 여전히 언 꽃이 들려 있다

　　　사과? 아직 차군,

　　　　너무 찬 것은 해로워

　　　　　　감상에 젖지 말라고 그랬잖아

사과를 등 뒤로 던진다

그라고 불리는 너 그의 애인에게

언 꽃을 건네준다

　　　잘라버렷!

　　닭 모가지 자르듯이, 삭둑

그의 애인 다시 머뭇거린다

　　　　하지만……어떻게……

그라고 불리는 너 단호하게

　　　　하지만은 필요 없어,

　　　　손으로 목을 자르며

　　　　　어서!

그의 애인–하지만 꽃 머리가 잘리면

　　　　　꽃은 어떻게 피죠?

　　(다시 침묵)

바닥에 사과와 목 잘린 언 꽃.

그라고 불리는 너 퇴장.

그의 애인 퇴장.

울음소리.

3

나라고 불리는 그의 집 마루 혹은

그라고 불리는 너의 집 거실이라도 상관없다

다만 한쪽 구석에 냉장고가 자리한다

냉장고는 모든 것을 얼리기 위하여

어둠 속에서 여름 내내 혹은 겨울까지

소음을 내며 돌아가면 그만이다

상계동 1
- 재개발지구 4-2

1

저물었다

돌아갈 시간이다

약속된 노동과 배당받은 시간을

다 소비한 사람들은 이제

돌아갈 시간이다

블로소득과 특소세를 지불하는 사람들은,

남아도 좋다

그러나 너희들은 떠나라

이곳은 이미 어느 재벌의

투자가치가 인정되었다

부가가치세로는 특별시의 특별한

시민이 누려야 할 기쁨과 행복은,

너무 값싸다

이주비용은 충분하다

떠나라!

2

젖은 이마에 꺼진 불빛

하나씩을 달고

돌아왔다

등기부에도 사라진 번지를 돌아

어둠 속을 기어드는

지워지지 않는 생,

도대체 삶은 무엇인가

블록 담벽에 기대어

몇 번씩이나 올라오는 취기

꾹꾹 누르고

목젖 가득 고여 묻는

자기를 떠나지 못한 자의 질문

목 묶인 자의 목마름,

오늘도 몇 채의 꿈이 무너졌다

꿈의 바깥, 몹시 바람 이는 세상

떠난 이웃들의 가까운 얼굴

흙먼지 속에

모호하게 떠오르는 그들, 집터 위에서

꺾인 무릎 일으키고

찬밥을 위하여

식구들 머리맡 잠이라도 지켜주기 위하여

걸어가는 이 밤

발끝에 자꾸만 차이는

도대체 산다는 것은 무엇인가?

3

가자. 늦었다

개정되지 않는 도시계획법의

혜택을 받고 가자

식구들 덜컹이는 잠 깨우고

어둠 뚫고 막차 타고 가자

우리의 아침 저녁을 위협하던 포클레인

손목 관절 뚝 뚝 꺾고

등 뒤를 노리지만

꽂으려면 꽂아봐라 등 뒤의 칼

누군들 한 자루 칼이 없으랴

그러나 지금은 가자

전열을 위해
전면전을 위하여
등 보이지 말고 올 때처럼
고수부지 위에 나부끼는 들깨밭
기다려줄 것을 믿으며
가자. 등 보이지 말고.

상계동 2
- 2, 4단지를 중심으로 한 경제구조

1

"축 입주를 환영합니다"

로얄 땅,

　　아파트.

　　상가.

　　토지.

2

여의도 순복음교회, 서울컴퓨터

대우 부동산, 금호 공인중개사, 정일 부동산

현대전당포, 제일비디오

상계부동산, 림스 치킨

크라운베이커리, 반석 부동산

한양스토아, 상계교회, 전용덕치과

정치과의원, 삼성부동산, 새로나부동산

서울동북교회, 맥시칸치킨, 효성부동산, 숭인 교회

삼억부동산, 나라약국, 한우리감리교회

공인중개사 아세아사무소

대신 부동산

공인중개사 다모아, 공인중개사 대화부동산

김형두치과, 방대홍 방사선과, 이원표 내과

신전교회, 꽃동산교회

꽃동산선교유치원, 노원교회

노원제일교회, 쥬공슈퍼, 월악산흑염소

상계중앙성결교회, 상계동부교회

신화공인중개사, 태양부동산, 태양개발

류씨공방, 주공반점, 하이텐치킨, 새영교회

합동부동산, 동아부동산, 뉴허바 사진실

베토벤 피아노, 박지은 미용실

통키 치킨,

현대 슈퍼, 신영부동산, 삼삼부동산, 새시대 부동산

북경반점, 크로바공인중개사, 실로암교회

이현찬교회, 은성교회, 고향쌀상회

고려부동산, 현대개발, 부름장로교회

상아부동산, 대한예수교 장로회 청지기교회

정인공인중개사, 성덕 중앙교회

두산개발, 상계충신교회(환영합니다)

호돌이만화

3

　"환　사모님의 입주를 진심으로 환영합니다　영"

덕신인테리어

4

알림

"투기는 정의사회 구현을 위하여

꼭 근절되어야 합니다"

당 공사가 상계지구에 건설하는 국민주택은

정부가 저리의 자금을 지원하는

국민주택입니다.

1. 전매 청약저축 등의 통장을 매매하는 등의 부정한 방법으로 국민주택을 공급받거나

2. 받게 할 경우에는 2년 이하의 징역 또는 1000만원 이하의 벌금에 처하고

3. 전매제한 기간인 최초의 공급받은 날(입주개시일)로부터 24개월 내에

4. 당 공사의 승인 없이 임의로 전매(매매, 증여, 임대, 기타, 권리의 변동을 수반한 일체의 행위)한 경우에는 1,000만원 이하의 벌금에 처하게 되며

5. 위 사항에 해당하는 주택은 사업주체가 환수하게 됩니다.

6. ⑪ 대한주택공사

5

상계동을 떠난 사람들은 끝내 다시 돌아오지 않았다

송군

우리는 이렇게 만나기도 하는구나

지난 여름, 그 뜨겁던 긴 여름

신축 아파트 공사가 한창인 변두리 솜틀공장에서

때아닌 눈사람이 되어

뒷매김하던 너와 내가

오늘은 이렇게 만나는구나

손에 쥔 용접봉도 기름 묻은 장갑도

벗지 못하고

멋쩍게 안부를 물어보는

물어보아야 서툴기만 한

핏기 없는 삶, 안개 낀 세월

그놈의 먼지가 무서워서

또 이렇게 나섰노라고

모집공고나 훑어보며 떠도노라며, 너는

어디 좋은 자리 없습니까

주위를 힐끗거리지만

여기는 내 아버지의 일터

나는 그저 쓴웃음을 흘릴 뿐이었다

노동조합도 거기서는 딴 세상 이야기

라디오에선 투쟁의 열기가 매일
우리의 귓전을 때리던 그 여름
너는 마포에서 왔다고 했고
스물 넘은 나이에 중학교 과정을 시작했다고
식의 연산의 까다로운
$(2x+3)-2(5x-2)=2x+3-10x+4$
괄호 열기와 닫기 사이의
〈사이〉에 묶여
못내 얼굴을 붉히던 너를 기억해낼 뿐이었다
잔업이라는 명목도 특근수당이라는 이름도 없는
공장의 노동
먹고 자고 십육만원 학력제한 무
야근에 못다 푼 잠이라도
막소주에 풀다 보면
막장 같은 삶이 쓰러지고
새벽은 멀기만 하고
풀다 만 괄호를 묶어 놓은 채 도망치듯
쫓겨온 학력제한 무의 위장취업
나의 허위에, 너는

어디 좋은 자리 없습니까

공부 좀 하고 살 만한

좋은 자리 없냐고 빙긋 웃지만

나는 웃을 수 없었다

네가 가야 할 어수선하고 정리되지 않은 앞날

그 많은 날의 한순간조차

붙잡아주지 못하는 나는,

휘적휘적 걸어가는 네게

악수도 청하지 못하고

아직 이름도 묻지 못한 채였지만

나는 안다

무엇이 우리를 여기까지 끌고 왔는지

이 길 끝으로 무엇이 올 것인지

네 여린 어깨 위에 내리는

눈 시린 햇살도

햇살을 딛고 푸드득 푸드득 튀어 오르는 새들도

우리는 모두 알고 있다

−이 끝, 이 시작 넘어

한 번도 맞이하지 않은 신생의,

그날이–

반드시 오리라는 것을.

혁명은 개뿔

1987년 6월 10일 오후 6시
시청 앞 광장

　동해물과 백두산이 마르고 닳도록
　태극기가 내려지고 물결치고
　곳곳에서 아우성치고
　일단정지 차량들 경적을 빵 빵
　시민들 박수 치고 웃고 떠들고
　어깨 걸기도 하고
　성당 종소리 축복 내리고

시청 청소과 직원 최씨,
바라보고만 있었다

같은 시각

　태평로가 불타기 시작
　광화문 을지로가 불타고
　종로 명동

우리 가슴 한가운데
서울 하늘 유황불 타고

최씨,
그저 바라보고만 있었다

시청 옥상 비둘기들
시외로 변두리로 빠져나간 그 밤
곳곳에 셔터 내려지고
내일이 걱정인 사람들은 일찍 귀가했고
남은 사람들은 혼불마냥 떠돌고
밤새 몇몇은 죽어가기도 했고
불빛 몇 점은 살아있기도 했고

최씨, (?)

1987년 6월 11일 미명
시청 앞 광장

바람은 조용히 광장 끝에서 불어

깨진 돌조각 신문지 조각들을

이쪽에서 저쪽으로 쓸어 몰아가고

뒷모습만 남긴 역사는

아스팔트 저쪽 퇴계로 쪽으로 밀려나

쌓인 눈물 더미 속에 처박혀

끙끙 앓고 있었지만

다 떠난 시간의 무덤 속을.

시청 청소과 직원 최씨,

쓸어가고 있었다

어떤 날

찾음

박인옥(33세)

이원일 엄마

경상도 억양의

서울말 5년 전

가출

이원일(8세)

키: 125㎝ 정도

특징: 정박아로서

정신연령 4~5세

정도 가슴에 화상 흉터

말이 서툰 편임.

연락해주시면 후사하겠음.

연락처 (051)751-2259

우리는 반드시 미친 듯한
탄압을 뚫고
구속동지 구출과 평등세상
건설을 위해
쉼 없이 달려나갈 것입니다
진주지역 노동조합연합

석방 김영대!
탄압이 우리의 전진을
막을 수는 없다.
부천지역 노동조합 협의회

새해를 맞아 전교조
해직 선생님들의 건승을
기원합니다.
이행섭 동기의 복직을 촉구하는
건대부고3기동기회

순천의 미인들이 일어났다
우리는 단결했다 투쟁한다
임용고시 철회의 그날까지
　순천대 가정교육과
　84, 85, 86 미발령교사

연출: 정어리 극본: 노가리
주연: 시도교육위원회
임용고시 박살내고 참교단을 안아오자
공주사대 역사교육과 미발령교사들

우리는 모두 그날 무언가를 찾고 있었다.

비명횡살인

겨울 행길
시골 쥐 한 마리
쪼르르, 중앙선을 추월해갔다

차단기에 목이 꺾인
바람 한 줄기
건널목을 기웃거리는,

순간

천지사방 피,
핏방울 튀고
눌린 몸 위에
문신같이 선명한 타이어 자국

군용트럭이 빠르게 지나갔다

이 풍진 세상

저녁내 걸어 골목 끝에 도달했다
도착해 고개 떨구고
참았던 속쓰림을 토해내면서
눈물 콧물까지 흘리면서
나는 아버지의 별을 바라보았다
아버지 별의 눈물
아버지 검은 꽃 피는 얼굴
떨군 목덜미가 **뻣뻣**해 오고
들판 끝에서 저녁 바람이
굽은 등을 식혀 주었다
클클 웃어주던 아버지의 별
세상을 향해 주먹질하며
어느 집 담벼락에 기대어 울고 있을
아버지 뒷모습의 그 저녁,

……예비군이 창설되던 해 여름,
아버지 호박밭을 뒤에 두고 혼자
집을 짓고 있었다
나는 호박꽃에 땅벌이

내려앉은 것을 바라보았다
햇살이 호박꽃에 노랗게,
아버지 아직 멀었어?
(……)
아버지 이 풍진 세상
취한 세상이 노을에 기울고
세상이 나를 막아 세웠다
너 알고 있냐!
세월이 빈혈의 세월이
나를 몰아붙였어

호박꽃을 꺾어 든 아버지가
허허 팔 벌리고 있었다
그리고 우리 식구 총총히
서울시민 등록하던 날 밤
아버지 문밖에 돌아와 잠들고
나는 새로 모종한 꽃밭에
저녁 내 참았던 오줌을 갈기고
별들이 우리들 머리맡까지 지켜주었지만

아버지 이 풍진 세상엔
여전히 모진 바람 불고……

그리고 가을 날 빛이
우리집 앞마당을 잠깐 다녀간
오늘 아침,
우리는 씩씩하게 아침 밥상을 받고
일용할 양식을 마련한 아버지에게
고개 숙였다 목 깊이
식구들은 뿔뿔이 전철로 시내버스로
출근길에 올랐고
모든 버스 노선에는 이상 없음이
확인되었다
아버지와 난,
식구들 다 떠난 식탁에 붙어
해장국 훌훌 뜨며 흘끔흘끔
눈치 보며……

작업

여름날 땡볕 아래서
아버지와 함께 대문을 짠다
겉옷을 벗어젖힌 아버지와
견고한 철문을 만들면서
문 안으로 들어가는 것이나
나오는 것이나
서 있기 나름이라고 생각하면서도
아버지 적외선 방지용 헬멧과
보안용 선글라스의 검은 침묵 사이로
불똥이 마른 살을 태우는 것을
막을 도리는 없다
물론 아버지의 고통이야
그가 살아온 함구의 세월에 비추어
짐작이나 하겠냐만은
내 살아가야 할 날도 결코
만만치는 않으리라
자위도 해보는 순간
내 허약한 팔뚝 발등에도
고약한 불똥이 튀고

움찔 움츠러드는 손 또한

어쩔 도리가 없다

그러나

산소와 아세틸렌이 만나

활활 불꽃을 피우고

무얼 맘껏 녹이는 게

아이들 쥐불 장난 같기도 하고

아껴둔 봇물 같기도 한 게

태우는 것은 그저 쇳조각뿐만 아니라

우리들 뻥 뚫린 가슴

환부의 일부분씩을

때워나가는 것은 아닐까

우리들 치유하지 못한 상처 뒤의 굳센 철문

한 세대의 억센 철조망까지

빨갛게 태워내는

세상에 요런 기막힌 일이 있을까

꿈꾸어 보기도 한다만

아세틸렌이 과하면 검붉은 불꽃을 내고

쇠를 그을리기만 할 뿐

아무것도 제대로 완성하지 못하는 것을

아버지는 아들놈 머리 위

먹장구름을 보았는지

풀기 없는 햇살을 보았는지

담배만 뻑뻑 빨고 계셨다

중계동 104번지

개발제한구역 흰 말뚝을 지나
있다.

허리쯤에나 찰 지붕
양철, 함석 조각
돌을 꽉 움켜쥔 황토黃土의
혈穴 있다.

사내 하나가 화덕에 연기를 피우고 있다.

화식火食과 온거溫居의 배후
땅을 깨뜨리며
전동열차는 도착한다.

사내는 캄캄한 생존 속으로 기어들어갔다.

듣고 있는가
그대
그대 발목이 삐걱거리는 소리

마른 황토들이 뚜덕뚜덕 떨어지는 소리
돌들의 신음 소리
거세당한 개들이 어둠을 찢으며
이빨 번뜩이는 비명횡사의 소리
무허가의 바람 소리

사내의 생존이 굴뚝을 빠져나가고 있다.

흔들리는 나의 하부구조여

부자 父子

창이 하얗게 깎이고 있다
창의 이쪽에 내가 그을린 성냥처럼 누워 있다
(가벼운 기침 소리)
나는 마른 발바닥을 비빈다
누군가 모로 눕고,
(다시 기침 소리, 그 속으로 교회 종소리, 이어
4시를 시계가 친다)
바람벽을 사이에
그와 식구들
그쪽에서
나는 혼자
이쪽에서
마른기침을 쿨럭이며 사는 것을
고민하는가
(두 번째, 세 번째 종소리 어우러진다)
나는 종소리 끝에 검은 손톱으로
팻말을 꽂는다.
(종소리만큼만 축복하시오)
식구들 모두 깨어 있다.

(기침 소리, 개숫물 소리)

창이 다시 깎이고

4부

먼길
- 동로에서

그날은 하루해를 다 걸었다
답답한 하늘
날 선 힘줄
길은 산 섶을 밀어붙이다
거꾸러지고
길의 안쪽에서 마을이 갇힌다

힘겹게 몸 흔들며 돌아 나서는 마을,
마을 밖으로
제비꽃 갈꽃 무더기
바람에 쏠려
가난한 눈살에 갇히고
길을 거슬러 온 낯익은 얼굴,
움켜쥔 빈손 속에서
무너져 내렸다

일찍 저문 여울목으로 노을이
비껴 앉는다
노을 안으로 무릎 꺾은 바람이
파고들고
식은 이마엔 바람 꼬리를 부여잡은 생채기들이
나뒹굴었다
그을린 꿈속에도 노을이 꽃피는 마을 보일는지
아이들은 제각기 체온을 바람 밑에 뉘었다

종일을 걸어도
씨 뿌릴 텃밭 하나 마련하지 못한 우리는
먼지만 풀썩이는 길 위를
걸어가야만 했다
거듭 다짐해도 삶은 여지없이
막막하기만 하고
마침내 어둠이 피 흘릴 때
우리는 갈꽃에 말려 넘치는 비명 소리
들어야 했다

강으로 가는 길
제비꽃 마른 눈물 속에서 누군가
물의 노래를 부르고,
우리는 본다, 우리가
쓰러뜨렸던 눈물들이 가문 바다 끝에서
일어서 오는 것을.

앞서 길 떠났던 사람들이 물속을 걸어 나오기 시작했다

XYZ

절망 하나가
절망 하나를 부르고
절망 둘을
절망 셋이 부르는 동안,
피 묻은 눈물 하나 일어나
사람 틈 사이
얼비치고
길 위엔 터진 골목 안에서
삐져나온 햇볕.

–햇볕 몇 모여 있는 거리, 그는 무릎을
세우고 망가진 눈물을 수리하고 있다

너무 일찍 부러진,
등 뒤로 흐르는 바람의 줄기
엊저녁
창고 문을 따고 본
오랫동안 돌보지 못한
낯 모르는 사람들의 기억,
사금파리들.

−거기다 그는 자신의 것을 여럿 보탰다

사람을 버리는 법을 배운 뒤
손은 언제나 외로웠다
왼손이 오른손을 위로할 줄 몰랐고
사금파리는 바람 위로 매일 밤
떠올랐다, 떠올라
때로, 푸른 밤을 위해
버둥거리는 꿈속에 떨어져 모로 박히거나
꼬투리 풀 엄두 없는 어둠
어둠 바다 밑, 발
헛디디며……

−그는 방금 떨어뜨린 눈물을 줍고, 세공을
시작한다, 그가 수리하는 사이사이 눈물은
피어 부서지고, 햇볕은 조금씩 깎여 밀리고
있다, 밀려도 밀려도 밀리지 않는 햇볕.

발목이 양지를 비틀며,
사람들이 지나온 시간의 밖
교두보를 마련하며 떠나는,
햇볕에 말린
눈물 하나는
눈물 둘의 사랑을 위하여
눈물 둘은 눈물 셋의
사랑을 위하여

−그가 세공을 끝낸다

절망 하나가
절망 하나를 부르고
절망 둘이
절망 셋을 부르는 동안

연애에 관하여

그해 여름이
다 지나갈 때까지
애인으로부터는 아무런
소식도 없었다
한 사내를 떠나는 것이
유리알 같은 세상을 살아가는
생리였을까
한 여자가 떠나고 난 뒤에야 비로소
사내는 철들기 시작하지만
유행가 가락과 소주가 그의 생
한복판에서 변주하는 동안
차가운 콘크리트 바닥에 무릎 꿇고
고해성사를 하면서 사내는
울부짖는다
내게로 온 애인은 내게로 와
성숙한 것이고
그가 성숙한 만큼 나도
철든 것이지만
마른 입술, 목마르다
어차피 살아가는 일이란

기다리는 것

떠날 사람 다 떠난 거리에서

불 꺼진 창을 바라보며

돌아와야 할 사람들의 발소리를

숨죽여 기다리는 것

어리석게도 버림받은 자들이 바닥을

지탱했다

장미꽃 같은 세상을 꿈꾸며

떠난 애인들이여

돌아오라

그리고 들려다오

유리알이 쉬 깨진 까닭과 장미를 뿌리째

뽑아버린 무용담을

무두질을 잘한 소파는 얼마나 안락한지

식어 버린 파스타의 꾸덕함과 소름 돋는 유머에

관하여

사람들 사이에 사람이

세상과 세상 사이에 사랑이 있다

서울의 밤은 아직 안심하기 이르다

지난 겨울의 한복판에서
혜산진(?), 을,
바라보며 떠나간
군바리 일등병에게서 온
벼락 맞을 편지

〈……서울의 밤은 아직 안심하긴 이르다.〉

한강을 건너
언 귀를 부비며, '바람이 차다'
따뜻한 인사를 나누고
그 바람의 뒤로
해몽도 못 한 꿈을 누이며
겨울의 끝,
해빙의 아침으로 떠나던 날
강변로를 밀려오던 헤드라이트 불빛

(며칠 전, 애인의 집을 방문하면서 다시 보고 또 보아도 서
울은 여전히 편안했다. 여의도 그, 멋쩍은 빌딩도 튼튼히

서 있었고 국회에서는 새해 예산안을 무사통과시켰다. 스웨터 공장에 나가는 누이는 오늘 아침 제시간에 출근했으며, 시인 몇은 시를 쓰다 그만두었고 그리곤 그만이었다.)

아, 벼락 맞을 헤드라이트 불빛

내가 애인과 놀아나는 것을 녀석은 알고 있었던 게다

병원 밖 풍경

나무가 비에 젖고 있다
몇 채의 집들과
집을 이은 슬레이트 지붕
낮게 엎드린 담벼락에 떨어지는 비

〈가까이 접근하지 마시오〉

가시철망 너머
축축이 젖어 내리는 시간
밑동부터 머리칼과 정신의 끝까지
허공을 가르는 바람,
나무의 표정 끝에서 묻어나는 바람이여
바람에 묶여 꼿꼿이 그는,
정지해 있었다
낙숫물 소리가 불규칙하게 빛나고
눈 좋은 그의 시선에 머무는
조금씩 비껴 서 있는 나뭇잎, 잎들
관목 숲 가지 사이로
몇 마리 때까치가 빠져나가고

창 위로 한기가 불끈 솟아올랐다

그는 하, 손을 뻗어 피워 내며

세상을 지우고 밖을 본다

불그레한 담벼락을 보고

보리밭 너머 살 오른 생기를 보고

허공을 보고…아…

살·아·있·는·것·이·란

그저…묶·여…있··는……것일까

맑은 햇살, 타는 목줄기, 사랑이여

언제까지

나무는 나무로 비에 젖고

비는 비로 젖고

시간은 시간으로 젖을 것인가

4월의 술래잡기

1

무궁화꽃이 피었습니다
무궁화꽃이 피었습니다
무·궁·화·꽃이 피었습니다

달래 꽃이 피·었·습·니·다
무궁화 꽃이 피·었
달래 꽃이 피·었
          피·었
             습니다

뜬다! 뜨은다아?

(머리카락보인다꼭꼭숨어라
머리카락보인다꼭꼭숨어라)

꼭꼭 숨어?

…떴니?

앞에 가는 놈은 도둑—놈
뒤에 가는 사람은 순—사

어디로 숨어야 하니?
응?

2
얼음꽃 같은 머리칼 속에 활짝 핀,

4월은
갈아엎는 달

진달래꽃이 피었습니다
진달래꽃이 피었습니다
달래 꽃, 꽃이
　　　　　피었습니다

포구로 산촌으로
칼날 같은 길

수배와 불심검문의 길
떠났던
빛나는 눈빛
발들

살아서
거부하리라
무사와 안녕의 날들

모든 반동
모든 음모
적이여
꼭꼭 숨은 뒷덜미조차
환한 얼굴
온몸에
진달래 꽃물 붉게 물들어
손마다 활짝 핀,

4월엔

4월엔

용서하지 않겠다

술래가 되어

가슴에 꽂히는 칼이 되어

활짝 피겠다

비무장일기

1

종일, 안개가
산맥의 낮은 곳에서
능글맞게, 가파른 등고선을 기어오른다.
그날, 3월의−어제는 비가 내렸지. 오래
눈이 내리기도 했다. 가끔씩.
희끗희끗 산봉우리를 훔치던 앙칼진 여인들이여.

2

풀린 시선으로 바라보는 비무장지대
매일 쏟아지는 날들
풀기 잃은 햇살의 입자들이여−
잠이 몰려오기 시작했다
무거운 눈꺼풀 위로 엎드리던
잠, 꿈, 무력하게 퍼지르던 잠, 꿈 그 언저리
나는 좁은 이마를 포대경에 대고 본다
거꾸로 처박힌 힘겨운 삶과
온종일 몰려드는 안개,
안개 뒤에서 방송은 시작된다

–민족의 태양이시며 영명한……만세!

3

밤마다 별은 머리 위에서 뜨고, 지고
납덩이같이 무겁던 달의 운행
어제 나의 적은 메리야스를 펄럭였다
녀석의 메리야스조차 오늘은 안 보인다, 안개
그놈의 몸이 얼마나 날렵했던지
녀석은 나보다 더 진화했을까

4

꿈꾸었네,
가시면류관을 좁고 흰 이마 위에 내 몫만큼
깃발로 두르고 광야를 헤매던
아, 예수여 예수여–
난 예수교 출신이 아니야
안식일에도 고개 숙인 적이 없어, 목이
아파서, 가래가 지글지글 끓어, 아직
다 녹지 않은 눈 위에 캬악, 탁

나의 철조망은 굳건하다. 여태
나의 적의 철조망도 굳건하다.

5

새벽의 어머니이신 어둠, 튼튼하신 어둠
어둠이 내리고 별이
새로이 뜬다. 일찍 뜬 별의 무릎 아래로
핏빛 이마쥬의 꿈, 해몽, 월경, 처녀, 얼굴
진다. 갈 수 없는 나의 고향은 상주가 아냐
서울이지, 나의 고향은 서울 어디쯤일까
시월이면 갈까, 못 갈까
여어 친구, 너희는 집에 언제 가나
우리는 여섯 달이면……부모님이랑 여자 친구들,
여자 친구 있나………웃기지 말라우
그래 웃기지 말자 그나마 남은 기력이 허기져

6

그는 고구려 유민이었을까
목이 가늘고 긴 그의 발목은

대지와 친근하다
땅에 뿌리를 내려본 사람이면 알지
머리칼을 뿌리치며 밀려드는 바람, 물기, 목마름,
중생대의 개활지를 나비가 날고
이끼 낀 바위, 돌 속에 안개가
어지럽다

고향이 어디예요, 만주?
길림성 너머 그 북쪽 어디일지도
나의 고향은 서울이 아니야
상주에서 태어났지
내가 사랑하기 시작한 여자는 평양이고,
그럼 여기, 이곳은

비무장일기 2

평강고원
갈 수 없는 나의 땅
조선민주주의인민공화국
노스 코리아
김일성고지 아물아물
평강고원이여—

수색을 나간다,
새파란 소위에게 수색신고를 하고
실탄을 점검하고
무전기의 교신을 확인했다
청학동 삼둘 여기는 삼하나 이상!
임무 시작하겠음.

임무?
(빌어먹을!)
김 병장은 전차방벽에서
낮잠이나 한잠 때리자 하고
정 하사는

월하리 이장 딸 얼굴이나 보자는데,
쫄병에겐 고추밭 저녁거리가
임무로 떨어질 뿐,

(국방부 시간 위로 황토가,
악! 물고 늘어진다)

길이 없다
이 길은 길이 아니다

한 시대에 저당 잡힌 세월,
세월 속으로
주석님 사진이 한 장
월북전사들의 웃는 포즈
남남북녀의 미려한 얼굴이 또 몇 장
찌지직— 찌지직
전문처럼 날아들고

걷고 있었다

우리들 손금마냥 끊어지고
가끔씩은 지워진 절벽,
위장한,
예정된 루트
생애의 중간쯤에서
우리는
마른 아카시아 잔가지로
불은 라면을 끓이고
쓴 소주를 들이켰다

앞선 날들에까지 쏟아붓던 술, 속
술이여

어디로 가는 걸까?
어둠 속의 캄캄한 터널
칙칙거리는 암호 속의 반공주의자
청학동 삼돌에게 이상무!를 뚜드려 박으며
우리는 정말 어디로 가는 걸까?

젊은 사내가 운다
저 멀리 해남에서 끌려왔다는 사내
'철창 안의 봄'을 곱게도 부르던 사내
(그의 애인은 그의 철조망을 넘어갔다)
날이 비끼는 작전도로의 허공이
못 견디게 좋아 물기가 번진다는,
젊은 사내가 우는구나
젊은 사내의
묶인 애정, 묶인 삶
한 사내의 철창 뒤의 겨울을 씻고,
간다,

그 많은 날들의 모호함, 침묵에
무릎까지 푹푹 빠지며
낮술에 취하며
우리들의 노동을 위하여
일찍 자란 벼포기들이
가슴마다 흔들리고
호박꽃이 노랗게 핀, 햇빛
속으로—

그리고 또 간다,
산맥의 허리마다 붉은 교통호를 긁어놓은
벙커와 무기의 땅,
결코 돌이킬 수 없는
첫사랑의 처녀막과 같이
우리를 끊임없이 서성이게 하는,
고요함, 그 끝—

평강고원이여

우리가 바라보는 건 월북루트가 아니다
                      매복비트가 아니다
우리가 바라보는 건,
떠나간 애인들이 꿈꾸듯 돌아오는 흰 길
논둑을 따라 함박 벌린 호박꽃
노루 새끼, 개망초, 메꽃, 사금파리
학교를 파한 아이들이 풀썩이는 신작로의 오후
오전반 아이들의 남은 생애……
생애일 뿐,

응시하라

한 사내가
한 여자와 만나 울리는 존재의 변주
욕망이 어떻게 그의 이쁜 딸아이를 낳는가
그 녀석의 지문이 주민증에 오르기도 전에
'천국과 지옥의 결혼'을 꿈꾸는가
이마쥬의 어머니이신 뮤우즈가
잠 깨우는 약속의 나라는 어떻게 몸푸는가
무장한 사람들이 비무장의 왕국으로 입성함을
한 인간이 비로소 우주의 자전축으로 우뚝 서는 것을

무량의 대해로 가는, 햇빛, 날빛

여름 편지

　　　　- 충환에게

바람 불고

나는 간다

망초꽃 피고

고운

산 둑을 따라

타박 타박

간다

언뜻

먼 하늘에 먹장구름

수심 낀 그대 얼굴

근육마다 핏발 서고

안구 가득

얼비치는,

눈물겨운 이 한낮

꿈길

친구여

네 작은 방에

곰팡이꽃 여직

피어

만발한가

나팔꽃도 여전한가

바람 불고

나는 간다

푸른 지평 건너보며

산 둑을 따라

타박 타박

간다

월하리에서

억새꽃이 흔들리는
산언덕에, 사람들이 모여 있습니다
가을 양지에 한 떼의 엉킨 생각을 풀면서
풀들은 야윈 어깨를 흔들며 깔깔댑니다
살아서 죽은 사람은 죽어서 이곳에,
묻히겠지만
(살아 숨 쉬는 나는?)
풀씨들이 단단해지도록
햇볕이 다독이는 월하리月下里, 늦은 오후
사람들은 낮 날을 비끼며 죽은 사람
세월을 솎아냅니다
다사분히 모여 있는 등 뒤로
배추흰나비 소리 없이 흘러가면
텅 빈 하늘 밑으로
아직 다 가지 못한 구름 몇 장 남아
칡꽃이 피고
까닭 없이 무심히 이는 바람
나무뿌리에 걸려 넘어지기도 합니다
죽은 사람은 죽은 사람

따로 따로 손들은 엇갈립니다

바람 때 반질한 상석床石 위로

햇살이 튀고

한 움큼씩 날려 보낸 시간이

파르라니 깎은 봉분에 내려앉습니다

개활지를 위하여

오늘도 군사우편은 도착하지 않았다
종일 시선이 쌓이던 길
아카시아 꽃그늘 슬슬 흩어지고
미확인지대에서, 밤새
확인된 별자리는 떠올랐지만
돌아오지 않는 말들을 떠나 보낸 밤마다
불면의 하늘이 돌아와 눕곤 했다
정든 거리, 정든 집을 떠난 애인이여
이 땅에 돌아오지 않겠다
완강히 버티던 들기러기들이여

그 거리를 떠난 날부터
우리는 쉽게 잠들지 못하고
사랑도 모든 곳에서 떠난 듯이 보였다
골목마다 백태 낀 말들
만발하고
하늘의 커다란 안면엔
검은 마스크 굳게 채워졌다
우리는 서로의 얼굴에 탈을 씌운 채

수상한 발걸음으로 스쳐 갔다

스쳐 가 고여 있는 하나의 섬으로 남거나

꼬리 풀고 떠도는 별로 남거나

그리고 빈집으로 남았다

입에는 세월의 가시 돋치고

남은 미래의 어깨 위엔 여전히 물집 잡혔다

아스피린과 베스타제로 연명하는 하루

질펀히 쌓이는 어둠

어둠에 머리 짓찧으며

마른 입술이라도 물어뜯으며

낯선 거리, 낯선 땅 곳곳에서

우리는 낮게 잠들기를 얼마나 간절히 꿈꾸었던가

살아가는 일보다 죽음이 더 가까운

미완의 사랑의 기슭에서

더 이상 물러설 곳도 없는

땅의 한가운데에서

나는 언제 낮은 잠의 낮은 꿈속에서

가장 낮은 사랑의 애인에게

잠들 수 있을까
사랑은 어느 낯선 콘크리트 바닥에 엎드려
눈물 흘리고 있을까
그해 여름 나의 죄목은
내 목을 거머쥐고 닳고 닳은 군번
하나 삼 오 여섯 여섯 ○ ○ ○
스물다섯 해 붉은 노을 키워온 날들일 뿐

누구냐
두고 온 거리의 한끝으로부터
우리를
보이지 않는 신기루 앞으로 몰아간 것은
붉은 철조망 앞에 손 묶게 한 것은
낯익은 죽음 앞에 몸 떨게 한 것은

박아라

모든 군용수첩에 마침표를 쾅!

끝나지 않은 미망의 세월에 절망을 쾅! 쾅!

물어뜯어도 시원치 않을 첫사랑의 역사 위에

굵은 대못이라도

쾅! 쾅! 쾅!

통일이 해방이다

판

팀·스피리트가 난타하는
GP전선 심리전장에 벌어진
때아닌, 장기 한판
복지국가에 지친
정 상병도 김 병장도
그래 좋다 두어 보자
한판 놀아 보자
맞수를 치고
영철이도 행복이도 오늘은
양키용병 팀·스피리트
파쇼타도 미제축출, 모두
뒷전이다
MG50도 꺾어 놓고
모두 이기면 근무 없다!
장기판으로 장기판으로
이쪽과 저쪽
무장한 무기를 해체하고
놀이판으로 놀이판으로
모여든다

방송도 모두 껐다

방송병도 한몫 끼었다

마주보아야 0.8㎞

녀석들은 오라 북으로!를

코앞에 두고

자신 있냐, 소리친다

그래 우린

이렇게 만날 때도 있다

장기판을 사이에 두고

북조선과 남조선이

아무것도 없이

벌거숭이 마음으로

한자리에 앉아

장군에 멍군,

멍군에 장군.

43번 차가아 66번 상앙을 먹는다아

그럼 우린 17번 마아로

22번 포오를 먹고 자앙군이다

한 수 무르기도 하고

물러주기도 하고
하면서
우리는 통일을 한다
장기판 안에서
해방을 선포한다
우리의 적은,
항우에 유방
기만의 웃대가리
남의 장기판에
감 놔라 배 놔라
훈수 두는 놈들
밀어붙이자
너희는 그쪽에서
우리는 이쪽에서
우리를 막아 세운
모든 철조망을 끊고
뒤로 돌앗!
남도 끝으로
간도 끝으로

해방구를 확장하는,

통일은

비무장지대에서

핵전지대까지

뜨겁게 뜨겁게 관통하는

불의 꽃,

그대와 나의 피,

졸卒들의 창끝,

병兵들의 창끝,

그 숨 가쁜 떨림으로

온다

동해물과 한라산이

마르고 닳아도,

온다

그대 가슴에 이는 뜨거움이여

만장을 올려라

졸병들의 단단한 어깨여

통일전선이여

해방의 오르가슴이여

만장을 올려라
찢기지 않는 돛폭으로
피울음 타는,
남북조시대의 끝이 되어
지치지 않는 소원이 되어
각개, 각개 약진하며
한꺼번에
한꺼번에
두울, 셋, 넷, 올려!
판.

통일은 법칙이다

어느 날 갑자기

(모든 산맥은 낮고 편편한 지상의 얼굴과
대면한다. 때로 너무 낮은 작은 산들은 섬들과 흡사하게
떠 있다.)

검은 산 허리를 타고 기우는 노을
미완의 전선 서편으로 지는 저녁 하루의
뿌리 깊은 노동의 뒷모습,
나는 철조망을 눈앞에 두고, 매일
피곤하지만 건강한 아침을 먹는다, 먹고 잔다
자면서 노을 뒤로 떠오르는 먼 별 하나
꿈꾸었다
(이상하기도 하지)
꿈꾸는 별 속으로
애인은 말없이 걸어오고
오랜 기억의 방 저 너머
딱딱 발굽 찍으며 돌아오는 망아지들 보이고
낯선 사내들이 눈 부라리며 웃었다
웃음, 아 웃음. 애인은 붉은 눈물 뚝 뚝 떨구고
내 누운 머리맡에 무릎 꿇고 세상은 눈뜨고……
눈먼 나는 청산행을 다짐했지

× × × × × × × × × × × × × × × × ×

위험! 접근금지,
경고를 무시하고 접근할 시 발포함!
                          ○○○○부대장 백
(뚫린 산문山門은 모두 닫혀 있음)

× × × × × × × × × × × × × × × × ×

'청산행 13시 57분 출발은 연착 중입니다'

공용버스터미널은 한없이 붐비고
나를 태우고 떠날 버스는 오지 않는다
이제 막 오후를 건너 쏟아지는 빛살 속에서
살기 띤 사내들이 낄낄거리고
불안한 눈빛의 애인은 망아지와 놀아난다
나는 네발 달린 짐승처럼 컹컹 짖고 싶었다
그해 우울한 날들 끝에 매달려
안간힘 쓰며 엉겨 있던

미칠 것 같은 꽃불처럼 온몸에 얽히고설키는
음흉한 나의 가시철망, 에, 걸리는,
(아-악) 나는 꿈꾸었지
몽상의 날들에 피 묻은 깃을 꽂고
때 없이 자주 흔들리던 자유와 죽음,
삶은 이쪽 것인가 혹은 저쪽 것인가 물으면서
몸을 뒤척이면
철조망 위로
노을 꽃 피고 지고 그리운,
해방의 아침에서 고통의 저녁까지
그래 둥근 만월로 떠오르는
청산도 아니다 망아지도 아니다
이름이 김○○라는 평양 여자와
며칠 밤이고 씩씩거리는, 꿈, 을

≪어느 날 갑자기?
≪고구려 유민인 나의 아들이 태어나고 있었을까

147

어쩌다 이런 시가

탕,

탕, 탕,

탕, 탕, 탕,

모두 비켜나갔다

온전한 싸움을 쏘기 시작했다

전선을 쏘고

노을을 쏘고

도망간 애인을 쏘고

애인 아닌 여자를 쏘고 남자를 쏘고

죽은 강을 쏘고

논리를 쏘고, 비논리를 쏘고

사랑을 쏘고, 눈물을 쏘고

아침을 쏘고

밥을 쏘고

다시, 힘주어

미래를 쏘고

절망을 쏘고 겨누고

늙은 시를 쏘고

환상주의자의 정말, 환상을 쏘고

예감을 쏘고

맨드라미를 쏘고 겨누고 쏘고 겨누고 겨누고 쏘고 쏘고

(빌어먹을!)

아무것도 죽어주지 않았다

생이란 게 참.

용강*

용강에 가고 싶다

욕심이냐,
욕심이다.

여윈 여자가 기다리고
있을지도 모른다

욕망이 사람을
망칠지니……

그래도 가고 싶다
용강

*조선민주주의인민공화국 평안남도 남포시 용강군

뿐

우리는 북상하고 싶다
집시법, 국보법에 묶인
남조선의 자유
은갈기를 휘날리며
한랭전선 뚫고
폭풍이 되어
노도가 되어
미친 듯이 미친 듯이
우리는 북상하고 싶다
죽창이 아니어도
좋다
화승총이 아니라도
좋다
맨주먹 가슴 밑바닥
뜨거운 핏덩이 하나
불끈 치솟고
이마에 맺히는 더운 기운
장딴지로 발바닥으로
치달아 모인다

우리는 고구려 사내가 되어

억센 무사가 되어

북상하고 싶다

우리를 가로막는,

욕망이여

무엇이냐

살찌고 기름진

선진조국 복지국가

희망의 나라냐

반공국시, 양키동맹

겁 많고 못난 우리 마음이냐

국보법이냐 철조망이냐

아서라, 허접쓰레기

기도 안 찰 헛소릴랑

싹싹 쓸어 제주 바다

몽고족 수장시킨

만경창파 드센 바람에

숙여 묻고

우리는 산맥이 되어

열망이 되어

멈추지 않는 혁명이 되어

혜산진, 무산, 개마고원

장백산 줄기줄기

송화강 그리운

도도한 강물로 가서

한번 신바람 나게

휘날리고 싶다

그러니 말아다오

우리들 여린 가슴에 못 박고

뒷전에서 박장대소

이놈이 좋을까 저놈이 좋을까

뒷짐 지고 탁상거래

안 된다 안 된다

그러지 말아다오

다른 뜻은 없다

정말이다

우리는 다만

남도 끝 해안을 봉쇄하며

일제히 불붙는

동백 꽃불로

해당화로 붉은 산맥으로

굽이치며

휘돌아 타며

북상! 북상! 북상!

북상하고 싶은 것일 뿐.

아틀라스의 결행

아틀라스의 결행

이선영(시인, 이화여대 초빙교수)

　김지홍이라는, 그야말로 심란한 한 인간을 알게 된 지도 25년이 넘었다. 내 기억으로 그는 2년 차 입사 후배다. 대학 졸업 후 내심 평생의 업을 삼을 작정으로 다니던 첫 일터와 순탄치 않게 작별을 고하고 나서, 어찌어찌 우연과 운명의 당구 알처럼 굴러들어간 신문사 교열부에서 김지홍과 나는 날마다 책상을 맞붙이고 앉아 일하는 사이로 만났다. 사람은 좀 현실 맥락에서 곧잘 정신줄 놓고 허무맹랑한 꿈을 꾸곤 했지만서도 일에서만큼은 간편함을 바랐던 내게 김지홍이라는 인간은 참으로 '골치 아픈' 종자였기에, 우리의 하루는 늘 앙숙이거나 잘해 봐야 장소팔, 고춘자의 저급 버전 만담 수준이었다. 그래도 입사 선배랍시고 그는 내 말을 기막히게 고분고분 잘 따라주었지만, 그런 면이 가상하면서도 좀처럼 수그러들지 않는 그의 깐깐함과 고집스러운 기질이 나를 질리게 한다는 것만은 지금까지도 여전한 불변의 사실이다. 옆에서 봐주기에도 '골치 아프고', 스스로를 '골치 아프게' 몰아가는 인간—이게 내가 정의하는 인간 김지홍이다.

얼굴 본 지는 자못 꽤 됐지만 함께 아옹다옹한 세월이 짧지 않기에 심리적인 거리로는 거의 가족친지급인 그에게서 얼마 전 놀라운 소식을 전해 듣게 되었다. 내가 중간에 탈선해 나오는 바람에 지금 그와 나는 서로 다른 길을 가고 있다. 퇴직을 앞둔 그가 그동안 써 둔 시를 모아 시집을 내기로 마음먹었다는 것이었다. 그 얘기를 듣는 순간, 나는 불같이 화부터 났다. 이후 그 건으로 겸사겸사 얼굴을 마주했을 때 진짜 화를 냈는지는 가물가물하다. 아무튼 나는 화가 많이 치밀어 올랐다. 그 역시 나와 마찬가지로 스무 살 젊은 날에 시를 썼었고 한때 시인의 길을 마음에 품기도 했었다는 사실을 예전부터 들어 알고는 있었다. 그 속내를 풋풋한 시절의 치기이거나 뜨거웠던 젊은 날의 초상인 양 털어놓을 때마다 그가 어김없이 뒤에 덧붙이곤 하던 대사를 나는 여태 잊지 않고 있다. "그딴 허접한 시 써 뭐하냐, 나 아니라도 잘 쓰는 사람 많은데 괜스레 세상에 보태지 말고 차라리 안 쓰는 게 낫지……." 그런데? 그러던 사람이 왜, 이제 와서? 그렇게나 자기비하적이고 냉소적인 언사를 서슴없이 입에 달고 다니던 사람이 나이 60 되어 퇴직을 앞두니 인생 정리하듯 시를 정리해 이제 시집을 한번 내보고 싶단다. 안 쓰기로, 안 내기로 했으면 끝까지 이 악물고 지키든가 아님 진작에 덤벼들어 죽이 되든 밥이 되든 했었어야지! 더불어 늙어 온 마당에 인생 말년이 되어 삐딱한 마음 좀 고쳐먹고 모처럼 뭐 좀 해보겠다는데, 그

심정 모를 바도 아니고 내가 노여워할 까닭도 하등 없다. 뒤늦게 동한 등단에 대한 충동구매도 아니고, 시인이라는 타이틀을 얻겠다는 허욕도 아니고, 시집으로 뭔 생색을 내겠다는 것도 아니고, 그저 가족에게 한번 보여줄 수 있으면 족하다는데, 내가 부글부글 끓어오른 것은 정작 그 시집 원고를 들여다보고 나서였다. 왜 좀 일찍부터 등단해서 더 치열하고 왕성하게, 더 많이 시를 쓰지 않았지? 이렇게 할 수 있었는데, 왜 묵혀 두고 왜 밀쳐 두고 있었지? 그랬더라면 충분히 잘할 수 있었을 텐데, 왜……. 내게는 거의 상습적인 것으로 보였던 그의 염세주의와 시니컬, 알량한 자기검열에 지치고 분개하곤 했었지만 한편으로 그보다 나를 더욱 분노케 한 것은 그의 지나친 겸허함과 결벽스러움, 그리고 양심이었는지 모르겠다.

인간을 비루함의 늪에서 건져내 그 실체 이상의 미덕과 아름다움을 부여하곤 하는 저 3대 덕목이 김지홍이라는 한 가련한 인간에게 자행한 짓은 참담하고도 개탄스러웠다. 생업을 위한 최소한의 생존, 최소한의 욕망과 쾌락, 최소한의 감정 소모와 최소한의 보폭까지…… 그는 이 세상에서 자기자신을 최소한으로 줄여 존재하려는 사람인 것만 같았다. 그렇기에 사각의 컴퓨터 모니터 속 활자들을 삭제하고 보태고 바꾸고 재배치하며 그 한정적이고 폐쇄적인 회로를 순환하는 활자들에게만은 무소불위의 제왕이 되는 일 −그는 25년여째 신문사 교열기자로 일하고 있다− 은 그에게는 숙명이자 천직이 아닐까 싶다. 그 시지푸스적 제왕 노릇을 뺀다면 그는 요즘 말로 '멀티'도 '부캐'도 통용되지 않는 캐릭터다. '나는 자연인이다'의 도시 버전이라 해도 될, 무해하나 또한 무득한, 그런 고로 이따금은 떠올려 보게도 되고 손 뻗으면 짚이는 자리에 어김없이 있는 그이지만, 그는 이내 아무것도 하지 않는다. 마치 아무것도 하지 않음을 악착같이 하고 있는 모양새다. 그간 그의 오랜 업과 관련해 몇 번 쓰려고 마음먹었던 글도 결국 스스로 접어 버렸으며, 시를 놓아 버리고 시를 쓰지 않기로 한 것도 그가 끝내 하지 않아 버린 일 중 하나다. 결과적으로 삶에 대한 극단의 소심함과 소극성, 움츠러든 삶이라는 참사를 빚어낸 그의 진절머리 날 정도의 자기축소랄까 자기억압을 나는 줄곧 혐오하고 미워했었다. 그런데 그를 향한 나의 속절없는 이런 감정이 나름 정당한 근거를 갖고 있음을 확인하게 된 계기가 바로 이번에 받아든 시집 원고를 읽게 되면서였던 것이다. 단언컨대 이번에 묶어 내는 이 시집만으로 김지홍은 이미 좋은 시인이며, 그가 시를 붙잡았던 그때에 시를 놓지 않았더라면 훨씬 더 좋은 시인이 되어 있었을 거라 믿는다.

몇 년 만에 마주한 술자리에서 짧은 순간 그의 눈에 고였던 눈물은 나를 적잖이 놀라게 했고 또 뭉클하게 했다. 그 대단했던 1980년대 대학가와 그 와중에 휩쓸린 친구들 얘기가 나왔을 때였다. 나는 오랜 동안에 걸친, 강도가 약해지면 약해진 대로 아직도 지속되고 있는 그의 일종의 자기감금이 어디에서 연유한 것인지를 그 짧은 순간을 통해 번뜩 확인할 수 있었다. 그리고 그에게는 잔인했던 '양심'의 정체를…… . 인간 김지홍은 이제 그만 그 양심의 족쇄에서 풀려나오기를 바라는 마음이지만,

김지홍의 80년대 운운 시들만큼은 더 이상 세상에 나오지 않기를 바라는 것도 솔직한 마음이다. 이런 바람은 80년대가 연대기적 80년대로 종결되었기 때문이 아니고, 2020년대에도 80년대적 정치·시대 상황이 재현될 요인이 잠복해 있음을 배제해서도 아니다. 김지홍의 80년대 시에는 '거부하는 몸짓으로 이 젊음을'의 냄새 풍기는 클리셰적 포즈나 '그해 가을 나는 살아온 날들과 살아갈 날들을 다 살아버렸지만' (이성복, 「그해 가을」) 식 니힐의 이미테이션 제스처가 묻어난다.

(며칠 전, 애인의 집을 방문하면서 다시 보고 또 보아도 서울은 여전히 편안했다. 여의도 그, 멋쩍은 빌딩도 튼튼히 서 있었고 국회에서는 새해 예산안을 무사통과시켰다. 스웨터 공장에 나가는 누이는 오늘 아침 제시간에 출근했으며, 시인 몇은 시를 쓰다 그만두었고 그리곤 그만이었다.)

– 「서울의 밤은 아직 안심하기 이르다」에서

찾음

박인옥(33세)
이원일 엄마
경상도 억양의
서울말 5년 전
가출

이원일(8세)

키: 125㎝ 정도
특징: 정박아로서
정신연령 4~5세
정도 가슴에 화상 흉터
말이 서툰 편임.

연락해주시면 후사하겠음.
연락처 (051)751-2259

　우리는 반드시 미친 듯한
　　　　탄압을 뚫고
　구속동지 구출과 평등세상
　　　　건설을 위해
　쉼 없이 달려나갈 것입니다
　　진주지역 노동조합연합

– 「어떤 날」에서

1987년 6월 10일 오후 6시
시청 앞 광장

　동해물과 백두산이 마르고 닳도록
　태극기가 내려지고 물결치고
　곳곳에서 아우성치고
　일단정지 차량들 경적을 빵 빵

> 시민들 박수 치고 웃고 떠들고
> 어깨 걸기도 하고
> 성당 종소리 축복 내리고
>
> 시청 청소과 직원 최씨,
> 바라보고만 있었다
>
> 같은 시각
>
> 태평로가 불타기 시작
> 광화문 을지로가 불타고
> 종로 명동
> 우리 가슴 한가운데
> 서울 하늘 유황불 타고
>
> 최씨,
> 그저 바라보고만 있었다
>
> **– 「혁명은 개뿔」에서**

　김지홍이 감지한 80년대는 김지홍 식으로 캡처되어야 하지 않을까. 그리고 무엇보다 김지홍 식으로 발화되어야 하지 않을까. 이성복과 황지우가 80년대 시의 압도적 기수이자 휘황한 스타이긴 했지만, 그렇다고 그들 시의 무한변주나 무한확장이 달가운 건 아니다. 시는 유일신인 '하나님'의 질투가 그걸 바라는 것처럼 유아독존의 장르이다. 김지홍이 스타가 되지 못하는 건 괜찮지

만 황지우(시 「尋人」)나 이성복(시 「그날」 「어떤 싸움의 記錄」)의 복제
인간이 되거나 그들과 오버랩되는 것, 그것만큼 괜찮지 않은 것
은 없다. 물론 위의 시편들을 80년대 이성복, 황지우의 시를 추
앙했던 20대 시인 지망생이 '깜찍하게' 저지른 애교쯤으로 봐주
면 될 것을, 내가 너무 짓궂고 야박하게 굴었나…… 싶지만 시적
빙의·심취 문제와는 별개로 기어이 한마디 보태고 싶은 말은 선
의와 양심, 부채감이 암적으로 파생시키는 자기방어·자기합리
화의 홍수에 상습 침수되지는 않았나 하는 질문과 의심이다.
어정쩡한 자기단죄와 자기형벌은 쓸 수 있었던 시로 자신과 세
상에 기여하고 시를 양심과 부채감이 승화된 최대 발로로 만들
수 있었던 기회를 막는, 독소이자 폐해이다. 그리고 시는 행동
못지않은 실행이 될 수 있고, 채무 이행이 될 수 있다. 다만 시
로도 비겁한 이들이 있고, 시를 써도 비겁을 면할 수 없는 경우
들이 있다. 또 시를 쓴다는 자체가, 모든 쓰려 하는 욕망 자체가
사치이자 허욕일 수 있기에 김지홍은 그걸 부질없어하고 그마저
부끄러워했던 것이리라. 하나 그렇게 자신을 홀대하고 방치하고
옭아맨 끝에 오늘 그가 맞이한 결과는……? 쓰이다 말고 느닷없
이 유폐된 그의 시에 미안하지 않으려나…….

　80년대 피폐한 의식에서 좀 놓여난 듯한 시들을 통해 나는 김
지홍 시의 본얼굴로 살짝씩 접근해 간다.

저녁내 걸어 골목 끝에 도달했다
도착해 고개 떨구고

참았던 속쓰림을 토해내면서

눈물 콧물까지 흘리면서

나는 아버지의 별을 바라보았다

아버지 별의 눈물

아버지 검은 꽃 피는 얼굴

떨군 목덜미가 빳빳해 오고

들판 끝에서 저녁 바람이

굽은 등을 식혀 주었다

클클 웃어주던 아버지의 별

　　　　(중략)

……예비군이 창설되던 해 여름,

아버지 호박밭을 뒤에 두고 혼자

집을 짓고 있었다

나는 호박꽃에 땅벌이

내려앉은 것을 바라보았다

햇살이 호박꽃에 노랗게,

아버지 아직 멀었어?

(……)

아버지 이 풍진 세상

취한 세상이 노을에 기울고

세상이 나를 막아 세웠다

너 알고 있냐!

세월이 빈혈의 세월이

나를 몰아붙였어

– 「이 풍진 세상」에서

165

여름날 땡볕 아래서
아버지와 함께 대문을 짠다
겉옷을 벗어젖힌 아버지와
견고한 철문을 만들면서
문 안으로 들어가는 것이나
나오는 것이나
서 있기 나름이라고 생각하면서도
아버지 적외선 방지용 헬멧과
보안용 선글라스의 검은 침묵 사이로
불똥이 마른 살을 태우는 것을
막을 도리는 없다
물론 아버지의 고통이야
그가 살아온 함구의 세월에 비추어
짐작이나 하겠냐만은
내 살아가야 할 날도 결코
만만치는 않으리라

— 「작업」에서

김지홍의 '아버지'는 80년대 이성복이 "개새끼 건방진 자식" 하며 "찢어발기고 팔을 꺾었던" (이상 「어떤 싸움의 記錄」) 아버지도, 90년대 기형도가 "아버지, 그건 우리 닭도 아닌데 왜 돌보세요" 라며 "투정을 부렸지만 결국 알약처럼 힘없이 쓰러지고야 만" (이상 「위험한 家系 1969」) 아버지도, 2000년대 김경주가 "아버지와 나는 귀두가 닮은 나무 …… 씨벌 아비야 우리는 슬픈 귀두인 게지" (「아버지의 귀두」) 하고 제법 귀염성 있지만 기실 작정하고 맞먹

자 달려들었던 아버지도 아니다. 아버지는 '별', 아들을 향해 "클클 웃어주던 별"이며 아들이 아버지를 향해 "아버지 아직 멀었어?"라고 스스럼없이 물으면 아버지는 아들을 향해 "너 알고 있냐! 세월이 빈혈의 세월이 나를 몰아붙였어"라고 또 스스럼없이 답할 수 있는 아버지다. 이 아들과 아버지는 땡볕 아래서 함께 대문을 짜는 '작업'을 한다. 작업은 하지만 "문 안으로 들어가는 것이나 나오는 것이나 서 있기 나름이라고 생각하는" 이 부자에게는 서로를 무너뜨리고 제압하고자 하는 치열한 싸움도, 갑갑증과 연민 섞인 애증도, 맞짱 뜨자는 능청스런 유머도 없다. "물론 아버지의 고통이야 짐작이나 하겠냐만은 내 살아가야 할 날도 결코 만만치는 않으리라"는, 신통하게도 무언과 암묵으로 헤아리고 터득한 생의 순리와 아버지에 대한 인간적, 연대적 이해 및 교감에서 우러나오는 진한 울림이 있을 뿐이다.

김지홍의 이번 시집에서 나는 「시간의 침묵」 연작을 그의 시의 백미로 꼽고 싶다.

머물고 있으므로 꿈꾸는, / 살다 보면 장엄하게 우주의 시간으로 날아가는 / 8시 17분도 있을까

— 「**시간의 침묵 1**」에서

잔뜩 찌푸린 중년의 사내가 폼나게 칼을 차고 굳건히 / 검은 공해를 뒤집어쓰고 있었다.

— 「**시간의 침묵 2**」에서

영원이란 뜻 없이 사라지는 것, / 사라지지 못했으므로 시간
의 변두리에 서서 숨죽였다.

– 「시간의 침묵 3–밤섬」에서

인간 김지홍의 시적 구현, 현현! '영원'을 쟁취하지 못했기에
비록 '변두리'에 서서 숨죽이지만 늘 "장엄한 우주의 시간"을 꿈
꾸고 "잔뜩 찌푸린" 채로나마 온몸으로 "검은 공해를 뒤집어쓰
기"를 마다치 않는 시대의 척후병–이는 그대로 인간 김지홍의
시적 자화상, 아니 시적 캐리커처를 들여다보는 느낌이랄까. 「시
간의 침묵」 연작 5와 6에서도 최고조에 이른 시적 발현으로서
의 김지홍을 나는 본다.

노란 횡단보도 앞에서 나는 생각한다
우리 시대의 사랑과
우리 시대의 절망과
우리 시대의 자유와
우리 시대의 진보와
우리 시대의 보수와
한때 온 정신과 온몸을 혁명처럼 몰아쳤던
우리 시대의 통일에 대해

노란 횡단보도 앞에서 나는 또 생각한다
그리고 무슨 일이 일어났는지
우리 시대의 배신이

우리 시대의 소멸이
우리 시대의 부자유가
우리 시대의 변절이
우리 시대의 꼴보수가
낮게 가라앉은 저녁 하늘가를 장악하고, 검은 피 흘리는
우리 시대의 혼돈에 대해

그리고 마지막으로 횡단보도 앞에서 생각한다
또 무슨 일이 일어났는가
우리는 그 모든 것들로부터 형식적이지만
실질적으로 결별했다
치욕스럽지만 밥의 세계로 편입했다

그리고, 끝장이었다

나는 지금 검은 공해로 가득한 포스트모던 시대를 간다, 통과한다.
더럽게
칙칙하다.
― 「**시간의 침묵 5**」 **전문**

　나는 그날, 어느 대학의 보도블록 턱 위에 앉아 있었다. 아무
것도 없었다. 고개를 숙이고, 기도하듯, 나는 내 시선의 끝에서,
조용히 울고 있었다. 풀이여, 시멘트가 갈라진 틈 사이로 삐져
나온 풀이여 흔적, 누가 남기고 간 생육일까? 빵부스러기를, 지
상의 양식을 밀고 가는 노동과 생존, 내가 우연히 걸어가다 밟

은 개미의 형체, 생이란 어차피 사소한 것을! 내가 누군가의 먹이사슬이 되어 있듯, 그의 그물망 속에서 개미는 자신의 양식을 지고 알 수 없는 진로를 향해 가고 있었다. 그 무연한 움직임. 우주의 심연으로 고요히 젖어드는, 길이란 무엇인가. 어디선가 나무의 향기가 내 생 속으로 들어오고, 나는 조그맣게 움츠러들었다. 아주 조그맣게, 개미가 가던 길 위로 비로소, 네 발로 뱃가죽을 밀며, 낮은 포복으로 기어가는 한 인간의 미래가 보였다. 시멘트가 덮인 광활한 우주 속에서, 한 포기의 풀로 떨고 있는 하나의 세계가 닫히고 있었다.

― 「시간의 침묵 6」 전문

나는 나 대신 또는 내 몫까지 맡아서 그가 "우리 시대의 통일"과 "우리 시대의 혼돈"에 대해 계속 골똘히 생각해 주기를, 그리고 "치욕스러운 밥의 세계로 편입"한 우리에게 "끝장"이라 지적질해 주고 우리가 "더럽게 칙칙한" 시대에 스스로를 방기하고 있음을 "잔뜩 찌푸린"(「시간의 침묵 2」) 채 송곳처럼 후벼 주기를 바란다. "네 발로 뱃가죽을 밀며, 낮은 포복으로 기어가는 한 인간의 미래가 보이는" 암담한 예언록과 "지상의 양식을 밀고 가는 노동과 생존, 내가 누군가의 먹이사슬이 되어 있듯, 시멘트가 덮인 광활한 우주 속에서, 한 포기의 풀로 떨고 있"는 지구 지옥의 묵시록을 꼬장꼬장 일깨워 주기를. 그가 더 '찌푸리고' 더 '뒤집어쓰게'(「시간의 침묵 2」) 된다 할지라도……

시 「꽃과 냉장고」는 김지홍 시 유전자의 돌연한 변이와도 같이 박혀 있는 시다. 일견 근래 시의 젊은 피를 수혈했다, 고 치하하기에는 낯익은 희곡 형식의 차용과 냉혹하고 비정한 누아르 풍의 정서가 황급히 입을 닫게 하지만 나름 젊은 피를 수혈하려 발버둥은 쳐 봤다, 쯤의 치사는 들을 만도 한.

                        어서!
그의 애인-하지만 꽃 머리가 잘리면
꽃은 어떻게 피죠?

            (다시 침묵)

바닥에 사과와 목 잘린 언 꽃.
그라고 불리는 너 퇴장.
그의 애인 퇴장.
울음소리.

3

나라고 불리는 그의 집 마루 혹은
그라고 불리는 너의 집 거실이라도 상관없다
다만 한쪽 구석에 냉장고가 자리한다
냉장고는 모든 것을 얼리기 위하여
어둠 속에서 여름 내내 혹은 겨울까지
소음을 내며 돌아가면 그만이다

– 「꽃과 냉장고」에서

가정 잔혹사거나 애인 잔혹사라고 할 수 있는 시 「꽃과 냉장
고」의 잔혹사 터치는 김지홍 시의 미발굴 탐사지인 동시에 폭망
스위치가 딸각거리는 싱크홀이다.

　　무엇보다 나는 김지홍 시의 앙큼한 배면이랄 수 있는 아래의
짧은 시들에 더 후한 점수를 주고 싶다.

콩새 엄마, 콩새 아빠, 콩새

소멸하지 않는 우주의 씨앗들.

누가 쳐 논 묵화墨畵일까

－「시간의 침묵 7—가족사진」 전문

휘리릭

휘리릭 휘리릭

총총 다다 다다닥 콕콕

우라라 탁 콕콕콕

호로록

콕콕 총총 휘리릭

늦은 아침 식사

하루가 지나간다

－「평화롭게」 전문

　　"콩새 엄마 아빠와 콩새" 무리가 속한 "우주의 씨앗들"이 "휘
리릭 휘리릭 우라라 콕콕" 정겹고 소담한 장면을 감상하는 즐거

움이기도 하지만, 김지홍에게서 찌푸린 아틀라스보다는 유쾌한 모르페우스를 발견하는 즐거움이기도 하다. 덧붙여 오랫동안 무거웠던 아틀라스를 이제 그만 놓아 주었으면 하는 친구로서의 바람도 있다. 서울 거리에 쭈르륵 세워 놓고 찍으라 하면 (우리 가족 빼고) 1초 컷으로 콕 찍을 틀림없고 믿을 만한 인간 1호 김지홍, 그만하면 충분히 무거웠다, 친구여.

모르페우스 출근하다

펴낸날 2022년 10월 21일

지은이 김지홍
펴낸이 주계수 | **편집책임** 이슬기 | **꾸민이** 김태안

펴낸곳 밥북 | **출판등록** 제 2014-000085 호
주소 서울시 마포구 양화로7길 47 상훈빌딩 2층
전화 02-6925-0370 | **팩스** 02-6925-0380
홈페이지 www.bobbook.co.kr | **이메일** bobbook@hanmail.net

© 김지홍, 2022.
ISBN 979-11-5858-644-7 (03810)